Z

9242 bis

DISCOURS

PRONONCÉS

A L'ACADÉMIE

DES SCIENCES, ARTS ET BELLES-LETTRES

DE DIJON,

Le Jeudi dix-huit Mai mil ſept cent ſoixante-quinze,

A LA RÉCEPTION

DE M. LE Cᵀᴱ. DE LA TOURAILLE.

A DIJON,

Chez L. N. FRANTIN, Imprimeur du Roi.

M. DCC. LXXV.

(38.)

M. le Cᵗᵉ. DE LA TOURAILLE, ayant été élu Honoraire de l'Académie des Sciences, Arts & Belles-Lettres de Dijon, y vint prendre féance le Jeudi 18 Mai 1775, & prononça le Difcours qui fuit.

MONSEIGNEUR,

S. A. S. M. le Prince de CONDÉ.

MESSIEURS,

LES Philofophes de la fameufe Athenes, qui, les premiers, ont donné l'exemple & la leçon des Sociétés littéraires, & qui ont fixé l'admiration de l'Europe & de l'Afie, ne s'affembloient point dans les jardins d'Académus pour fe donner des louanges; & cependant la Grece a été la Nation la plus vaine & la plus polie de l'Univers.

Le progrès des Arts paroît plus intéreffant que l'amour-propre des Artiftes; & j'aimerois mieux

A

prononcer devant vous, MESSIEURS, un Difcours vraiment utile, qu'un vain compliment. Mais mon infuffifance prefcrit à cet égard des bornes à mon zele, & j'avouerai qu'il m'eft plus facile de fentir l'honneur que vous me faites, MESSIEURS, que de juftifier celui de votre choix dans cette Affemblée.

Je ne puis me défendre d'éprouver le fentiment d'une joie préfomptueufe, en me voyant admis dans votre Société ; doux afyle des Sciences & des Mufes, où l'on trouve des émules, & point de rivaux ; des encouragemens, & point de dégoûts ; enfin, dans cette Société, l'une des plus renommée du Royaume, parce qu'elle fe reproduit fans ceffe des dons précieux que le Ciel fait à cette Province, devenue le berceau de tant d'Hommes de génie qui ont illuftré notre fiecle.

La Bourgogne, déjà fi fameufe dans les Annales du monde, fera citée dans tous les temps, pour être encore la Patrie d'un nouvel *Orphée*, d'un fecond *Sophocle*, d'un autre *Ariftophane*, & fur-tout de ce *Pline* françois, qui a (comme difoit Fontenelle) ofé prendre la Nature fur le fait, cachée fous le voile de fes productions ; de ce Philofophe eftimable, qui a furpaffé fes modeles, qui peut, & qui doit avoir des envieux ; mais qui n'a point encore de concurrent dans l'Europe favante.

Rameau.
Crébillon.
Piron.
Buffon.

S'il ne m'eſt pas poſſible d'apprécier ici tous vos talens, qui raſſemblent tant de genres d'utilité & de célébrité, mon cœur du moins, pénétré des honnêtetés que j'ai reçues de chacun de vous, MESSIEURS, vous répond de la ſincérité de cet hommage.

Épris, dès l'enfance, du charme des Belles-Lettres, qui, malgré les paradoxes de nos jours, ſont la conſolation des hommes qui les cultivent, & la gloire des Empires qui les protegent, j'ai conſervé l'habitude de les aimer, ſans pouvoir en faire une étude approfondie.

Je ne prévoyois pas, MESSIEURS, que ce goût littéraire, fortifié par l'étude & le commerce du plus ſublime génie de l'Univers, & qui, dans ſa vieilleſſe, eſt encore le modele & le *Neſtor* des beaux eſprits, au milieu des générations nouvelles ; je ne prévoyois pas, dis-je, que ces motifs me conduiroient un jour à la ſatisfaction glorieuſe d'être inſcrit parmi vous.

Si j'avois eu l'ambition d'y prétendre, j'aurois fait mes efforts pour paroître plus digne de vos ſuffrages ; mais il faut l'avouer, MESSIEURS, c'eſt la ſucceſſion capricieuſe des événemens de la vie, que les hommes appellent *haʒard*, & non le deſir de trouver la fortune, qui m'a tiré de la ſolitude de mon hameau, pour me placer auprès d'un Prince à

A 2

qui je dois les douceurs de ma vie dans la Capitale, & à qui je dois encore l'ineſtimable avantage de vous appartenir dans cette Académie.

A portée d'étudier & de connoître les vertus de SON ALTESSE SÉRÉNISSIME, je ſais reſpecter en Elle celle qui ſe trouve ſi rarement dans le cortege des illuſions qui accompagne une haute naiſſance, je veux dire ſa modeſtie ; mais que ſa bonté naturelle me pardonne, ſi ma foible voix ſe réunit parmi vous, MESSIEURS, aux acclamations mille & mille fois données à ſes qualités guerrieres, toujours victorieuſes des ennemis de la France, & que la France a payée de ſon admiration & de ſon amour pour le jeune héritier du courage du plus fameux de ſes Héros.

Je ne parlerai point du mérite de ſon choix dans la perſonne de celui qui a l'honneur de le repréſenter dans cette Province, ni de cette bienfaiſance, pour ainſi dire, infatigable, qui ſait obliger juſqu'à des ingrats reconnus, ni de cette douceur ſociale, à l'épreuve des amertumes de l'humeur & des poiſons de l'inégalité, qui corrompent trop ſouvent le commerce des Grands du monde.

Ce ſont là les vertus de ſa vie privée, & ſes grands talens appartiennent à la gloire & aux proſpérités que nous annonce ce nouveau regne.

(5)

Si des accidens éphémeres, & presqu'inséparables Émeutes populaires à l'occasion du prix du bled. de l'administration d'une vaste Monarchie, paroissoient un moment en altérer le cours, nous n'en serions point alarmés : le cœur de notre jeune Monarque, la sagesse de ses conseils, & la protection vigilante du bienfaiteur des Bourguignons, sont de sûrs garans de la félicité publique.

Habitué, de mon côté, à lui devoir tous mes succès, c'est encore à son assidue bienveillance que je dois celui d'être placé parmi vous.

C'est à ce titre que j'ose réclamer ses graces pour des Gens de Lettres aussi savans que désintéressés. MONSEIGNEUR, ces vertueux Citoyens, honorés de vos regards, encouragés par vos bienfaits, feront retentir la voix périssable de cette multitude, jusqu'aux cœurs des nations futures, & leurs Écrits porteront votre nom, si cher aux nations présentes, jusques dans le sombre avenir des âges.

La mort détruit les Héros : c'est l'Histoire qui les ressuscite ; & la seule Académie de Dijon se charge de votre immortalité.

Permettez-moi, MESSIEURS, de contracter ici l'engagement sacré de m'intéresser pendant le cours de ma vie à la gloire de cette Société, & de ne jamais cesser de m'occuper du desir de vous plaire, & de la vanité de mériter votre estime.

M. DE MORVEAU, Vice-Chancelier de l'Académie, a répondu à M. le Comte DE LA TOURAILLE, par le Discours suivant, en adressant d'abord la parole à SON ALTESSE SÉRÉNISSIME M. LE PRINCE DE CONDÉ, Protecteur,

MONSEIGNEUR,

Les fonctions que me laisse l'indisposition du premier Officier de l'Académie, ne m'ont jamais paru ni si précieuses, ni plus au dessus de mes forces, que dans cette séance honorée de la présence de VOTRE ALTESSE SÉRÉNISSIME, où je dois témoigner publiquement au nom de cette Compagnie, la satisfaction qu'elle éprouve en s'associant aujourd'hui un homme de Lettres, distingué par sa naissance & par les grades militaires; qui, attaché depuis long-temps à votre Personne auguste, témoin plus accrédité de vos vertus guerrieres, admirateur plus assidu de vos vertus pacifiques, vient de leur rendre folemnellement hommage, & d'exciter dans l'ame de tous ceux qui m'écoutent, un mouvement de fenfibilité qu'aucune expreffion ne peut atteindre.

Oui, MONSIEUR, à ce langage tous les vœux fe réuniffent pour vous naturalifer Bourguignon ; & par cette effufion des fentimens que nous partageons, vous avez acquis autant de droits à notre affection, que vos talents littéraires vous en donnent à notre eftime : car je fuis obligé de contredire cette modeftie qui femble vous permettre à peine d'avouer le goût des Lettres & de la philofophie, comme un amateur qui ne veut qu'apprécier & jouir ; tandis que des productions de plus d'un genre ont fait connoître la richeffe de votre imagination & l'élégance de votre ftyle, lors même qu'elles paroiffoient plutôt échappées à la vivacité de votre penfée, que préparées dans le recueillement de l'application.

Pourrois-je ne vous pas faire honneur ici, MONSIEUR, de ces Ecrits infpirés par le fentiment d'un goût fûr, pleins de raifons folides, & affaifonnés par le badinage d'une douce ironie, où vous combattez les fchifmes que l'efprit de fyftême & l'amour de la nouveauté élevent contre la gloire de notre Orphée ; où vous redemandez à la fcene françoife, ces mœurs fondées fur le caractere de la nation, qui mettent quelque intervalle entre l'émotion & le frémissement; où vous dénoncez à l'honnêteté publique, ces clameurs vaines, mais indécentes, de l'envie qui se flatte d'affliger du moins cet illustre vieillard dont elle n'a pu flétrir les lauriers; où vous prenez la défense des Arts contre les derniers cris du préjugé barbare, qui dévouoit la Noblesse à l'ignorance?

Cet ouvrage sur-tout étoit bien fait pour vous concilier, Monsieur, tous les suffrages de l'Académie, & par son objet, & par la maniere dont il est rempli. Horace ne trouvoit rien de si difficile que de se rendre propres des pensées communes. Cette difficulté a-t-elle jamais été plus heureusement vaincue que par l'énergie de cette comparaison que vous y employez : *Se vanter de ses aïeux, c'est aller chercher dans les racines, les fruits que l'on doit trouver sur les branches ?*

Tous ceux qui desirent sincérement le progrès des Lettres, aiment à répéter avec vous, qu'il faut honorer les Auteurs, si l'on veut en avoir d'estimables; ce n'est pas un vain lustre qu'ils sollicitent en leur faveur; ce n'est pas seulement l'espoir de voir proportionner les efforts à l'éclat des récompenses, qui les occupe : mais ils savent que les Langues n'ont commencé à se polir que lorsqu'il s'est fait un commerce réciproque de l'urbanité des Cours & de l'éru-

dition du Lycée; ils favent que l'empire de la vraie
philofophie ne peut être bien établi que fur l'opinion
générale de tous les ordres; qu'elle n'influe efficace-
ment fur la félicité publique, que quand ceux qui
entourent les Princes, cherchent auffi la vérité dans
les affemblées du Portique, & fe plaifent à en diriger
les fpéculations par les grandes vues qui tiennent peut-
être autant de l'élévation du rang, que de la fupé-
riorité du génie..... Et leurs acclamations viennent
au fecours de ma foible voix, pour féliciter cette
Société de l'engagement que vous prenez aujourd'hui,
Monsieur, de vous intéreffer déformais à fa gloire
& à fes travaux.

O